La idiota

—

Angō Sakaguchi

Colección Hilados - 3
Primera edición, octubre 2024

La idiota, Angō Sakaguchi

© de la presente edición
Satori Ediciones
C/ Domingo Juliana, 16, 33213, Gijón, España
www.satoriediciones.com

Traducción: Iván Díaz Sancho
Cubierta y maquetación: Marco Recuero
Impresión: Gráficas Eujoa

ISBN: 978-84-19035-89-9
Depósito legal: AS 02094-2024

En aquella casa habitaban humanos, cerdos, perros, pollos y patos; ocupaban todos el mismo espacio y comían prácticamente lo mismo. El edificio estaba torcido y presentaba el aspecto de un cobertizo; en la primera planta vivían los dueños, un matrimonio, mientras que la buhardilla se la alquilaban a una señora y a su hija, que esperaba un bebé de padre desconocido.

El tabuco que arrendaba Izawa era una chabola anexa a la casa principal. Por lo visto, allí había dormido antaño el hijo de los propietarios, enfermo de tuberculosis, aunque aquella chabola ni siquiera a un cerdo con afección pulmonar podría haberle parecido suntuosa. Eso sí, estaba equipada con un retrete, una alacena y un armario empotrado.

Los propietarios eran sastres y enseñaban a coser a los vecinos de la comunidad (de ahí que en su día metieran al hijo tuberculoso en una chabola aparte); eran, además, representantes del concejo vecinal. La joven inquilina había ejercido un tiempo de secretaria en el concejo y solía quedarse a dormir en las oficinas, por lo que a excepción del presidente y del sastre entabló relaciones íntimas de forma equitativa con el resto de los representantes (al menos una docena), de entre los cuales uno le había plantado la semilla. Los representantes del concejo vecinal decidieron que aportarían una pequeña contribución para que la muchacha se hiciera cargo del bebé en aquella buhardilla. Ahora bien, en esta vida todo se aprovecha, así que uno de los representantes, vendedor de tofu, siguió visitando a la muchacha aun después de haberse quedado encinta, estando ya oculta en el desván, y terminó convirtiéndola en su concubina. Cuando el resto de los representantes se enteraron, se negaron a seguir pagando la contribución y exigieron que los gastos del último mes los asumiera por entero el vendedor de tofu; siete u ocho de ellos, incluyendo al verdulero, el relojero, un terrateniente y algún otro, dejaron de pagar su parte (unos cinco yenes por cabeza), de modo que no era de extrañar que a la muchacha le durara aún el pataleo de la rabia.

La muchacha tenía una boca enorme y unos ojos grandes y saltones que hacían resaltar más si cabe su figura en extremo enjuta. Odiaba los patos: con las sobras de la comida procuraba alimentar únicamente a los pollos, pero los patos entrometidos se las arrebataban, así que se ponía como una furia y andaba siempre persiguiéndolos. Con el barrigón hacia delante y las nalgas respingonas hacia atrás, presentaba una extravagante postura bípeda que semejaba, precisamente, la figura de un ánade.

A la salida de aquella callejuela había un estanco en el que vivía una vieja de cincuenta y cinco años con la cara empolvada de blanco. Tras haberles dado largas a siete u ocho amantes, corrió la voz de que no podía decidirse por un nuevo pretendiente y que eso la afligía; dudaba entre un monje de mediana edad y un comerciante madurito. Se decía también que, si cualquier jovencito la visitaba por la puerta de atrás para comprar tabaco, le vendía unos cuantos paquetes (eso sí, a precio de contrabando), por eso el sastre animaba al *maestro* (así se dirigía a Izawa) a que se pasara por la puerta de atrás del estanco a ver si pillaba algo. Pero fíjate tú qué mala suerte que Izawa gozaba de un suministro especial en su lugar de trabajo, así que podía prescindir de los cuidados de la vieja.

Por otro lado, detrás de la oficina de racionamiento de arroz que se encontraba diagonalmente opuesta al estanco, habitaba una viuda que poseía una pequeña fortuna y que vivía con sus dos hijos: el hijo era el mayor (jornalero) y la hija la pequeña. Y, aunque eran hermanos naturales, mantenían una relación conyugal. La viuda lo consentía porque al fin y al cabo le salía así más barato mantenerlos, pero eso solo hasta que el hijo se lio con otra mujer. No tuvo entonces más remedio que colocarle la hija a un tercero; la envió de casadera con un pariente decrépito que andaría entre los cincuenta o los sesenta años, y la pobre terminó consumiendo matarratas. El día que se lo tomó asistía a la clase de costura (en la casa donde se hospedaba Izawa) y fue allí donde empezó a sentirse mal; padeció lo indecible, hasta que la palmó. El médico de la comunidad dictaminó que había sufrido un paro cardíaco y enseguida se olvidaron todos del asunto. «¿Eh? ¿Qué clase de médico hace un diagnóstico tan conveniente?». Al expresar Izawa su perplejidad, el sastre, estupefacto, replicó: «¿Cómo? ¿Es que no es así en todas partes?».

En los alrededores se erguían numerosos apartamentos de bajo coste ocupados en su mayoría por concubinas y prostitutas. Eran mujeres sin niños que compartían la cualidad de mantener impolutas sus respectivas habitaciones, así que el administrador de las fincas quedaba siempre muy satisfecho con sus inquilinas; la promiscuidad y la inmoralidad de sus vidas privadas nunca le supusieron ningún inconveniente. Más de la mitad de los apartamentos servían como dormitorio anexo a la fábrica de municiones y en ellos vivía también la grey del Cuerpo de Mujeres Movilizadas[1]: la amante de fulanito de la sección tal o cual; la esposa para tiempos

---

1   El Cuerpo de Mujeres Movilizadas fue una de las organizaciones de servicios laborales establecidas por el Imperio de Japón durante la Segunda Guerra Mundial, y estaba formado sobre todo por mujeres solteras de entre 12 y 40 años. Se estableció como parte del Sistema de Movilización Nacional en virtud de la Ley de Movilización Nacional, que reasignaba forzosamente a las personas a diferentes lugares de trabajo ante la escasez de mano de obra en tiempos de guerra. Suele traducirse como Cuerpo de Mujeres Voluntarias, pero prefiero el término *movilizadas*, puesto que en general no eran reclutadas por voluntad propia.

de guerra del jefe de sección (es decir, que la verdadera esposa permanecía evacuada); la eterna segundona del gerente; la muchacha del Cuerpo de Mujeres Movilizadas que estando preñada se había tomado unas vacaciones pero que de todas formas seguía cobrando su mensualidad... Entre ellas se encontraba una concubina que recibía de su amante 500 yenes y era propietaria de su casa, por lo que era la envidia del barrio.

En el apartamento contiguo al del expatriado de Manchuria que había hecho carrera como asesino[2] (su hermana era la aprendiz del sastre), pero que estaba ahora desempleado, vivía el maestro de *shiatsu*[3]. En la casa vecina a la de este último, moraba un experto ratero descendiente del mismísimo Ginji «el sastre»[4]. El vecino de atrás, por su parte, era un alférez de fragata que todos los días comía pescado, bebía café, abría alguna que otra lata de conservas y se entregaba a la bebida. En aquella zona, debido a que solo con cavar medio metro en el suelo salía

2   En el original se usa el término *tairiku rōnin* («*rōnin* continental») en referencia a un grupo de japoneses que vivieron y vagaron por zonas de la China continental, Eurasia, Siberia y el Sudeste Asiático durante el periodo que va desde principios de la era Meiji (1868-1912) hasta el final de la Segunda Guerra Mundial, dedicándose a diversas actividades políticas, incluyendo asesinatos. En apariencia, no pertenecían a ninguna organización en particular, por lo que se asemejaban a los *rōnin* o «samuráis renegados».

3   Digitopuntura, terapia curativa y preventiva consistente en presionar puntos específicos del cuerpo con los dedos y palmas de la mano, los codos, las rodillas o los pies.

4   El sastre Ginji (1866 - fecha de muerte desconocida) fue un carterista de Tokio en la era Meiji. Su verdadero nombre fue Tomita Ginzo. Era sastre de kimonos, pero el padre de su mujer era carterista, así que se hizo cargo del negocio. En su mejor época, llegó a tener a unos 250 carteristas a sus órdenes e incluso contrató a varios abogados. Fue arrestado al final de la era Meiji, liberado en la era Taishō (1912-1926), y arrestado de nuevo en la era Shōwa (1926-1989) por hurto.

agua, era muy complicado construir un refugio antiaéreo; aun así, el alférez se había construido un refugio de cemento, el único del barrio, más espléndido si cabe que su propia casa.

En cuanto a los grandes almacenes por donde pasaba Izawa de camino al trabajo (un edificio de madera de dos plantas), permanecían cerrados por escasez de artículos de venta durante la guerra; lo que no era impedimento ninguno para que en el segundo piso se abriera todos los días una casa de juegos cuyo patrón ocupaba siempre asiento en las «tabernas nacionales»[5], las cuales visitaba una tras otra y donde se pasaba los días borracho hasta las cejas mirando con desprecio las filas que formaba el populacho para acceder a ellas.

Izawa, tras licenciarse de la universidad, había ejercido de periodista y más tarde se había convertido en director de películas culturales[6] (aunque era apenas un aprendiz, porque no había rodado todavía en solitario).

---

5   En 1944 el Departamento de Policía Metropolitana ordenó el cierre de todos los restaurantes y teatros de Tokio durante un año. Bajo el lema «desterrar el placer» (*kyōraku tsuihō*), todos los restaurantes, cafés y bares de clase alta de la ciudad se vieron obligados a cerrar, a excepción de algunos populares. En medio de esta situación, apareció el «bar del pueblo» o «taberna nacional» (*kokumin sakaba*) como alternativa. Se trataba de bares públicos en los que cada persona podía beber solo una cerveza o una copa de sake.

6   Con la promulgación de la Ley del Cine de 1939, las películas culturales se definieron legalmente como «aquellas películas de actualidad que contribuyen al cultivo del espíritu nacional o a la iluminación de la inteligencia del pueblo». De acuerdo con esta definición, las productoras trataron de encontrar la manera de producir películas documentales sobre la ocupación bélica, en general por encargo de los militares, junto con películas educativas, científicas y turísticas. Es el equivalente al *kulturfilm*, películas de propaganda nazi.

Se suponía que para sus veintisiete años tenía ya bastante conocimiento de la vida entre bambalinas —conocía bien los entresijos de políticos, militares, industriales y artistas—, pero nunca había imaginado que la vida en aquel ecosistema de calles comerciales rodeadas por pequeñas fábricas y bloques de apartamentos de los suburbios se estilara de aquella manera. «¿Será que la guerra ha afectado al corazón de la gente?», le preguntó una vez al sastre. Este respondió sosegadamente con semblante de filósofo: «Qué va, *maestro*. La gente ha sido siempre así por estos lares».

Pero, de todos aquellos personajes, la palma se la llevaba el vecino de Izawa. Era un loco. Propietario de una gran fortuna, detestaba la idea de que alguien traspasara su propiedad, ya fuera un ladrón o cualquier otro intruso, así que había escogido a conciencia el lugar más recóndito de la calle para construir su casa, probablemente también como resultado de su locura. Cuando se llegaba al fondo de la callejuela, había que cruzar el portalón exterior de la casa, desde donde no se veía la puerta de acceso por ningún lado. Todas las ventanas que permanecían a la vista estaban enrejadas y el vestíbulo se hallaba situado en la parte de atrás, en el lado opuesto al portalón, de modo que era imposible acceder a él a no ser que se rodeara el edificio. Era un sistema pensado para desalentar a cualquier intruso y hacerlo retroceder, al tiempo que servía como mecanismo de control y vigilancia que permitía detectar a cualquiera que rondara por ahí buscando la entrada. Aquel vecino no era muy amigo de asuntos mundanos. La casa en cuestión, de dos plantas, poseía unas dimensiones considerables, pero ni siquiera un sabelotodo como el sastre tenía información de cómo estaba dispuesto el interior.

El loco rondaba los treinta años de edad; su madre vivía todavía y tenía una esposa que no pasaba de las veinticinco o veintiséis primaveras. Se decía que solo la madre pertenecía a la categoría de los cuerdos, aunque era una histérica rematada: la única mujer de armas tomar en la comunidad de vecinos que se presentaba descalza en el concejo vecinal cada vez que tenía alguna queja sobre el racionamiento. La esposa del loco, por su parte, era idiota. En un año muy próspero, el loco experimentó un despertar espiritual, resolvió vestirse de blanco y se fue a hacer el *o-henro*, el peregrinaje de Shikoku. En algún rincón de la isla se topó con la idiota y congeniaron enseguida, por lo que se la trajo a la vuelta como suvenir. El loco era un tipo apuesto, de figura imponente, mientras que su esposa, aunque idiota, poseía la dignidad propia de una muchacha de buena familia, de ojos minúsculos y tristones y de rostro hermoso, ovalado como el de una muñeca antigua o una máscara de *noh*[7]. Viéndolos juntos, los dos muy atractivos, daban la impresión de ser una pareja bien avenida y con una profunda educación. No obstante, el loco llevaba unas lentes de miope que le

---

7   Género dramático originado en el s. XIV con danza, música, lenguaje eminentemente poético y protagonista enmascarado.

daban ese aire de preocupación y de cansancio de quien ha leído ya un millón de libros.

Un día, se organizó en aquella calle un simulacro de ataque aéreo en el que participaban las mujeres del barrio. El orate, que asistía al espectáculo en ropa de estar por casa, se reía a carcajadas. Entonces corrió a ponerse ropa de protección antiaérea y reapareció al rato para arrebatarle el cubo a una de las mujeres. Lanzando voces extrañas y variopintas —«¡Ea!», «¡Venga!», «¡Vamos, vamos!»—, sacaba agua del pozo y la arrojaba de un lado a otro; entonces arrimó una escalera a la tapia para subirse al tejado y una vez allí se puso a dar órdenes que derivaron en un discurso admonitorio (quizás una alocución). Fue en ese instante cuando Izawa se dio cuenta por primera vez de que su vecino estaba como una regadera.

A veces solía traspasar la cerca para meterse en la pocilga del sastre y verter allí el contenido de un cubo lleno de sobras de comida; mientras daba de comer a los pollos con cara de disimulo, a los patos les tiraba piedras o les arreaba puntapiés. A pesar de todo, Izawa creía que era un personaje respetable y se limitaba a saludarlo con la cabeza cuando se cruzaba con él.

¿Pero qué distinguía a aquel loco de cualquier otro individuo? La diferencia residía en que el loco era honesto por naturaleza; cuando se le antojaba reír, reía a carcajadas; si le apetecía dar un discurso, lo daba; a los patos les arrojaba piedras y a los cerdos los atizaba en el morro o en el trasero, pudiéndose estar así hasta un par de horas. Ahora bien, en el fondo aquel loco temía la mirada ajena; era meticuloso con lo que consideraba importante de su vida privada y hacía grandes esfuerzos por aislarse del resto de los mortales. El hecho de que hubiera que rodear la casa desde el portalón para encontrar la entrada de acceso le permitía llevar una vida por lo general tranquila, contemplativa, carente de toda la cháchara innecesaria para con los demás.

En cambio, de los apartamentos al otro lado de la calle, como si se le viniera encima a la chabola de Izawa, se oía todo el año el correteo del agua, acompañado del vertido de voces groseras de las señoras. Allí vivían dos hermanas que eran putas: cuando la hermana mayor tenía clientes, la otra se pasaba la noche paseándose de un lado a otro en el corredor exterior; y, cuando era la pequeña la que recibía visitas, era la mayor quien andaba pasillo arriba y pasillo abajo hasta las tantas. Y luego la gente juzgaba al loco como si fuera de otra especie solo porque se reía a carcajadas...

La esposa idiota se comportaba de forma excepcionalmente dócil y apacible. Apenas balbucía unas pocas palabras que no se entendían bien y que cuando se entendían tampoco es que tuvieran mucho sentido. No cocinaba y, por no saber, ni siquiera el arroz sabía prepararlo. Si se la obligaba, era capaz de hacerlo; pero, si la pifiaba, entonces la reñían, lo que la cohibía y la llevaba a pifiarla más todavía. Ni cuando iba a por los artículos de racionamiento alcanzaba a arreglárselas por sí sola;

se quedaba allí plantada sin hacer nada hasta que alguien del barrio venía a prestarle ayuda. Además de ser la mujer de un loco, era idiota, así que no se le podía pedir más, pero la suegra se quejaba y se enfadaba de todos modos con ella, puesto que según su credo una mujer debía, al menos, ser capaz de cocer el arroz para el marido.

Normalmente, la vieja se comportaba de forma decente y gentil, pero aun así tenía unos arrebatos de histeria fuera de lo común y, cuando se desquiciaba, se volvía más fiera que cualquier orate; de entre aquellos tres locos, los chillidos excepcionales de la vieja eran los más estridentes y patológicos. La idiota se espantaba enseguida al oírlos —aunque era ya medrosa de por sí—, hasta el punto de que, en los días de calma, en los que no sucedía nada en absoluto, se asustaba de los pasos de la gente. De hecho, cuando Izawa le dirigía el saludo, se quedaba petrificada.

La idiota se acercaba también de vez en cuando a la pocilga. Si bien el loco se paseaba por allí a sus anchas como si estuviera en su propia casa, lanzándole piedras a los patos y pellizcándoles los cachetes a los cerdos; la idiota, que venía huyendo, se escurría silenciosa como una sombra, sin dejar escapar ni un suspiro, para terminar escondiéndose en algún recoveco. Aquel era, por así decirlo, su refugio. Coincidía que, cuando se escondía en la pocilga, se escuchaban en la casa de al lado los gritos de pajarraco que emitía la vieja al llamarla: «¡Osayo, Osayo!». El cuerpo de la idiota reaccionaba

a aquella voz acurrucándose y menguando, y, cuando
trataba de moverse, repetía hasta la saciedad movimientos
semejantes a los de un insecto que ofrece resistencia.

Los periodistas y los realizadores de películas culturales
tenían el trabajo más vil de entre todos los trabajos viles.
Su único interés era seguir las corrientes de la época y su
vida se limitaba a no subirse tarde al carro de la moda;
en su mundo no existían ni la búsqueda del yo ni la
personalidad ni la originalidad. En sus conversaciones
diarias, afluían términos como «ego», «ser humano»,
«individualidad» y «originalidad» con mucha mayor
frecuencia que entre los empleados de empresas, los
funcionarios del gobierno o los maestros de escuela,
pero la existencia de dichos términos quedaba limitada
a la mera palabra; a ideas tan ridículas como pensar
que las preocupaciones del ser humano se reducían al
padecimiento de la resaca tras haber derrochado todo
el dinero intentando seducir a una mujer. Y luego esas
demostraciones de emoción con las que se les saltaban las
lágrimas: «¡Ah..., nuestra bandera del Sol Naciente!»,
«¡Gracias, soldados!». Se entregaban con fervor a sus
textos imaginarios, carentes de toda altura espiritual y en
los que era imposible hallar ni una sola línea de veracidad:
«El ruido de los bombardeos, *boom boom boom*, los
soldados se arrojan de bruces al suelo luchando por su
vida mientras suenan sus metralletas, *ta-ta-ta-ta-ta*».
Y los realizadores montaban sus películas convencidos

de que era así como se representaba la guerra. Algunos se justificaban diciendo que debido a la censura de los militares no se podía escribir en condiciones, pero esos no tenían ni la más remota idea de cómo componer un texto que fuera veraz; de hecho, la presencia o ausencia de sinceridad y veracidad en un escrito nada tiene que ver con la censura.

En definitiva, e independientemente de la época en la que se hallen, lo que semejante chusma presenta no es más que un yo hueco, carente de contenido. Enseguida se adaptan a cualquier moda, pasando de derecha a izquierda según les convenga, y toman prestadas como modelo las expresiones que encuentran en las novelas populares, convencidos de que en ellas se encuentra la máxima expresión de su tiempo. En la práctica, toda época se reduce al fin y al cabo a tales frivolidades insensatas; y, en ese sentido, ¿qué tendrán que ver una guerra y una derrota que han trastocado dos mil años de historia japonesa con la verdad de la humanidad? El destino de la nación era conducido, simple y llanamente, por una enrarecida voluntad de introspección y por los delirios de una muchedumbre ignorante.

Cuando delante del director o del jefe de sección de turno se ponían a hablar de que si la individualidad, que si la originalidad, los jefes volvían la cara como diciendo «menudo imbécil»; pero si, en cambio, salían con esa retahíla de «¡Ah…, nuestra bandera del Sol Naciente!» o «¡Gracias, soldados!», entonces se les saltaban las lágrimas de emoción y les daban el OK sin rechistar. En eso consistía ser periodista y a eso se reducían, en realidad, aquellos tiempos.

Al preguntar si era necesario reproducir al completo la extensa alocución de tres minutos de su Excelencia el General de División o reproducir línea por línea la estrafalaria canción que los obreros recitaban cada mañana como si fuera una plegaria sintoísta, el jefe de sección volvía la cabeza un instante con aire disgustado, chasqueaba la lengua, aplastaba su valioso cigarrillo en el cenicero y luego, con mirada fulminante, vociferaba: «¡En tiempos de ira como estos qué carajo importa la belleza! ¡El arte es inútil! ¡La única verdad son las noticias!». Y los realizadores de películas con los realizadores y los productores con los productores. Organizaban camarillas con las que recreaban el mundo de la camaradería propio de los *nagazawa*, los gánsteres de las apuestas de la era Tokugawa, sacrificando su talento en aras del deber moral y de los sentimientos fraternales para terminar formando un sistema jerárquico empresarial más estricto que el de las propias empresas. De ese modo, se protegían unos a otros su mediocridad; consideraban un crimen la lucha hegemónica de la individualidad y de la genialidad artística, que tomaban como una ofensa hacia el sindicato, y, así, basándose en el espíritu del mutuo apoyo, lograban configurar una organización para salvar talentos menores. De puertas para adentro era, ciertamente, una organización con la misión de proteger la pobreza de talento, pero de cara a la galería buscaba más bien asegurarse buenas dosis de alcohol; sus acólitos monopolizaban las «tabernas nacionales», donde se emborrachaban con tres o cuatro botellas de cerveza por cabeza mientras discutían sobre arte. Eran artistas en el sombrero, la melena, la corbata y la chaqueta, pero sus almas y sus espíritus eran los de cualquier empleado medio; e incluso en mayor grado.

Izawa creía en la originalidad del arte y no podía renunciar a la creatividad del individuo, así que era incapaz de relajarse en aquel sistema del deber moral y los sentimientos fraternales; detestaba aquellas almas mediocres, viles, deleznables. Por eso se convirtió en un marginado dentro del grupo, hasta el punto de que ya no le devolvían el saludo; algunos lo miraban incluso con resentimiento. Un día, Izawa se presentó con determinación en la oficina del director para preguntarle si existía acaso alguna inevitabilidad teórica que ligara la guerra a la pobreza artística: «¿O es que es esa la intención de las autoridades militares? Si de lo que se trata es únicamente de filmar la realidad, pues con una cámara y haciendo uso de dos o tres dedos como mucho ya hay de sobra. Ahora bien, nuestra misión especial como artistas es la de filmar desde distintos ángulos para después componer por medio del montaje una obra de arte...». El director, sin disimular su cara de disgusto y desviando la mirada, exhaló el humo del tabaco. Al punto forzó una sonrisa en un gesto que hablaba por sí solo como si dijera:

«¿Y tú por qué diablos no dejas la empresa? ¿Es que acaso temes que te acaben llamando a filas? ¿A qué vienen esas ideas si se te está pagando cada mes por hacer un trabajo más que decente en el que no tienes más que seguir las directrices de la empresa?». Entonces, con expresión prepotente, sin necesidad de soltar en realidad ni una sola palabra, le hizo un gesto a Izawa para que se largara. ¡Cuál si no aquel oficio era el más vil de entre todos los viles oficios! Había momentos en los que pensaba que sería más fácil ser llamado a filas y exponerse al terror de las balas y el hambre con tal de aliviar el tormento que le provocaban sus ideales.

Mientras en la agencia de Izawa se escribían los guiones para producciones como *¡No perdáis Rabaul!* o *¡Aviones a Rabaul!*, las tropas americanas ya habían pasado Rabaul y estaban desembarcando en Saipán. Y no habían terminado todavía la reunión para planificar *¡La batalla de Saipán!* cuando en Saipán ya habían quedado «las joyas hechas añicos»[8] y los aviones americanos sobrevolaban sus cabezas. Títulos

---

8   La batalla de Saipán era conocida comúnmente como *Saipan-gyokusai*, refiriéndose el término *gyokusai* a la idea de «morir rápido, con honor y lealtad, con la hermosura de una joya (de jade) haciéndose añicos». El término se utilizó en el anuncio del Ejército Imperial Japonés para describir la aniquilación total de las tropas japonesas en la Guerra del Pacífico, y es frecuentemente traducido en inglés y español como «muerte honorable». El origen de la palabra se halla en el volumen 41 (biografía 33, sobre Yuan Jing'an) del antiguo libro chino *Libro de Qi del Norte:* «Es mejor para un guerrero valiente ser destrozado como una joya que sobrevivir como una teja».

como *Embestida en los cielos*[9], *Cómo apagar una bomba incendiaria, Cómo cultivar patatas, No dejemos regresar vivo ni a un solo piloto* o *Aviones y ahorro de energía* mostraban un fervor fuera de lo común. Realizaban una tras otra películas *sui generis* en las que se cultivaba el aburrimiento sin límites. Escaseaban los negativos, había pocas cámaras que siguieran funcionando y la pasión de los artistas se transformó en un ardor maniático con títulos que excitaban su lirismo como si hubieran sido poseídos por algún espíritu maligno: *Cuerpo especial de ataque del viento divino*[10], *La batalla decisiva en nuestra propia tierra, ¡Oh!, se desprendieron los pétalos del cerezo*[11]. Se rodaban películas pálidas como el papel, infinitamente tediosas, mientras que al Tokio del mañana poco le faltaba ya para quedar en ruinas.

La pasión de Izawa se había marchitado.

Despertó temprano. Solo de pensar que también ese día tenía que ir a trabajar le entró sueño de nuevo, pero entonces sonaron las sirenas de alarma y se levantó somnoliento, se enrolló las polainas, sacó un cigarrillo y le prendió fuego. «Ay, si falto al trabajo, me quedo sin tabaco», pensó.

---

9 Uso el término «embestida» para traducir *taiatari*, técnica de *kendo* (arte marcial de la esgrima japonesa) y otros tipos de lucha que consiste en alejar a un adversario golpeándolo con el propio cuerpo.

10 Grupo de ataque especial *kamikaze*.

11 El soldado como flor de cerezo desprendiéndose es otra de esas metáforas perennes en el discurso militarista para referirse al «hermoso» sacrificio de los reclutas.

Una noche se le hizo tarde en la oficina; alcanzó a tomar el último tren de regreso, pero ya no funcionaba la línea que lo llevaba hasta su estación, así que tuvo que caminar un buen rato en mitad de la noche para llegar a casa. Al encender la luz descubrió que el futón, que siempre dejaba extendido en el suelo, había desaparecido. No había precedentes de que alguien entrara en su tabuco mientras se encontraba ausente, ni siquiera para limpiar, de manera que abrió el armario empotrado en la pared con desconfianza. Allí, acurrucada junto al futón, se escondía la idiota. Observó a Izawa con ojos asustados y hundió su rostro entre los pliegues del futón, pero al ver que Izawa no se enojaba se sintió aliviada y, rebosante de familiaridad, se relajó incluso demasiado. De su boca apenas salieron unos pocos murmullos incomprensibles que nada tenían que ver con las preguntas que le hacía Izawa; se trataba, más bien, de sus propias preocupaciones expresadas al tuntún, en balbuceos emitidos de forma en extremo vaga y fragmentaria. Izawa no necesitaba en realidad preguntarle nada para comprender su situación: seguramente la habrían regañado en casa y, no sabiendo qué hacer, había salido huyendo en un arrebato. Así que procuró no asustarla más de la cuenta y se limitó a preguntarle de la forma lo más sencilla posible cuándo y cómo había llegado hasta allí. Tras su retahíla de balbuceos incomprensibles, la mujer levantó el brazo, se arremangó y se restregó con la mano un punto en el que podían distinguirse algunos rasguños. «Yo», «ha

dolido», «todavía duele», «antes también dolía»...
Desmenuzó los tiempos verbales con tanto detalle que
Izawa logró entender que había entrado por la ventana
al caer la noche. También supuso que le estaba pidiendo
«perdón» por haber dejado el interior del tabuco lleno
de barro después de caminar descalza por el exterior, pero,
como Izawa trataba de discernir el significado a partir de
unos murmullos que se perdían de un tema a otro por
infinidad de callejuelas, no pudo juzgar con certeza a qué
camino en concreto quedaba conectado aquel «perdón».

Llamar a la puerta del vecino y despertarlo a aquellas
horas de la madrugada para devolverle a su asustada
esposa no se presentaba como la opción más sensata;
aunque, siendo el vecino un loco, si la dejaba dormir allí
y la devolvía al amanecer, tampoco podía imaginarse
de qué modo reaccionaría. «Lo que sea, será», de
repente a Izawa le brotó del pecho un coraje inaudito.
Ante la pérdida de emociones en su vida diaria, se sintió
impulsado por la curiosidad y la promesa de nuevos
estímulos: «Lo que tenga que ser, será. De momento lo
que necesito en mi vida es pensar que si este hecho se me
presenta justo ahora es a modo de prueba». Se convenció
a sí mismo de que no había nada que temer y de que más
allá del deber que se le presentaba ante los ojos —el de dar
cobijo a la idiota durante una noche— no era necesario
plantearse nada más. También trataba de convencerse a sí
mismo de que no tenía motivos para avergonzarse de la

extraña emoción que empezaba a sentir respecto a aquel suceso fortuito, raro entre un millón.

Preparó dos juegos de cama, acostó a la mujer y apagó la luz, pero a los dos o tres minutos la mujer se levantó de golpe, abandonó el futón y se acurrucó en una esquina del tabuco. Si no hubieran estado en pleno invierno, Izawa no le habría dado demasiada importancia y lo más probable es que hubiera seguido durmiendo, pero, en una noche especialmente fría como aquella y habiendo tenido que compartir la ropa de cama, notaba sobre la piel el aire helado del exterior y su cuerpo no dejaba de temblar. Se incorporó, encendió la luz y descubrió a la mujer acurrucada junto al umbral de la puerta; trataba de abrigarse con el cuello de su vestido y sus ojos brillaban como los de quien ha sido acorralado y no tiene adónde huir. «¿Qué te ocurre? Vuelve a dormir», le sugirió Izawa. Ella asintió y regresó a la cama enseguida sin oponer resistencia; sin embargo, a los dos o tres minutos de apagar la luz volvió a levantarse. Entonces la llevó otra vez a la cama: «No tienes nada de qué preocuparte. No voy a tocarte». La mujer, con miedo en los ojos, murmuró entre dientes algo que sonaba como una excusa. Cuando apagó la luz por tercera vez, la mujer se levantó de la cama al instante, abrió la puerta del armario empotrado, se metió a gatas en el interior y cerró la puerta desde dentro.

A Izawa aquella persistencia lo terminó irritando. Abrió con brusquedad la puerta corredera del armario y exclamó: «¿Qué es lo que no entiendes? ¡Con todas las explicaciones que te he dado, a qué viene eso de meterse en el armario y cerrar la puerta! ¡Me parece insultante! ¿Por qué te escondes en mi casa si no eres capaz de confiar en mí? ¿Acaso pretendes ridiculizarme y humillarme injustamente haciéndote la víctima? ¡Terminemos de una vez con esta farsa!». Pero, al ver que aquella mujer no reaccionaba de ninguna de las maneras, imaginó que ni siquiera tendría la capacidad para entender el sentido de sus palabras y le dio la impresión de que mejor funcionarían un par de bofetadas y a dormir. Entonces la mujer, con expresión insatisfecha, murmuró algo entre dientes cuyo sentido parecía ser: «Quiero irme a mi casa. Ojalá no hubiera venido, pero es que no tengo adónde volver». A Izawa aquellas palabras le llegaron al corazón: «Por favor, no te preocupes. Puedes pasar la noche aquí hasta que amanezca. Me he molestado un poco porque parecía que te hubiera hecho yo algo, pero no he tenido en ningún momento malas intenciones. No tienes por qué meterte en el armario, mujer. Puedes acostarte en el futón». La mujer miró fijamente a Izawa y balbuceó unas palabras atropelladas. «¿Eh? ¿Cómo dices?», preguntó Izawa tras sufrir un pequeño sobresalto, puesto que había entendido perfectamente lo que le había susurrado la mujer: «Yo no te gusto». Abriendo los ojos, Izawa insistió: «¿Qué? ¿Qué has dicho?». La mujer mostraba una expresión apesadumbrada: «Mejor no haber venido. No te gusto. Pensaba que te gustaba». Eso es lo que dejó entender, a su manera, repetidas veces. Entonces se quedó abstraída con la mirada perdida en un punto imaginario.

Fue en ese instante cuando Izawa cayó en la cuenta de que la mujer no le tenía miedo a él. Más bien todo lo contrario. No es que se hubiera presentado en su tabuco por no tener otro lugar al que ir después de que la riñeran y se escapara, sino que además esperaba recibir afecto por parte de Izawa. ¿Pero cuál habría sido el motivo para que ella creyera que le tenía afecto? Entre la calle y la pocilga la habría saludado como mucho cuatro o cinco veces, de forma abrupta, con un saludo que no pasaba de ser una pantomima, simplemente por haberse visto forzado ante la voluntad y la sensibilidad de la idiota, o en todo caso ante algo que no le parecía humano.

¿Había supuesto acaso para la idiota una verdadera tragedia que, en los dos o tres minutos después de apagar la luz, las manos del hombre no hubieran acariciado todavía su cuerpo de mujer? ¿Sería por eso que, sintiéndose rechazada y avergonzada, había decidido alejarse del futón? Izawa no estaba seguro de qué pensar. Pero la cuestión era que al final ella se había encerrado en el armario. ¿Debía tomarse esa acción como un modo de la idiota para expresar su deshonra y autohumillación? Sabiendo que ella no era capaz de hacerse entender con palabras, las circunstancias lo obligaban a él a rebajarse a su nivel; no había más solución que esa. Aunque, ¿qué necesidad había de establecer parámetros humanos? ¿Sería acaso una deshonra para él como ser humano ser tan ingenuo como la idiota? En realidad, se sentía igualmente necesitado, más que de cualquier otra cosa, de un espíritu como el de la idiota; un corazón infantil e inocente. En qué momento habría perdido Izawa esa ingenuidad, salpicado por la porquería de seres humanos como él, ocupados en vanos pensamientos, siempre persiguiendo una sombra ficticia que lo había terminado agotando.

Acostó a la mujer y se sentó junto a la cabecera del lecho para adormecerla mientras le acariciaba el flequillo como si se tratara de su propia hija, una niña de tres o cuatro años. La mujer, abriendo los ojos y con la mirada ausente, conservaba en el rostro la inocencia de la infancia. «No es que no me gustes. La expresión del amor humano no puede reducirse a lo corporal. La residencia última del ser humano es su tierra natal y tú, por así decirlo, eres ya una especie de habitante de esa tierra, por eso...». De ese modo había empezado a hablarle Izawa, en tono solemne, pero no esperaba que la mujer entendiera lo que le decía... «¿Qué diablos serán en realidad las palabras? ¿Qué valor tienen cuando ni siquiera existen pruebas de que sean los sentimientos humanos lo único verdadero? ¿Dónde se halla acaso esa realidad que dé fe del celo por la vida si no es todo más que una sombra ficticia?». A medida que acariciaba el cabello de la mujer, incrementaba en él el deseo de lamentarse. Y, como si aquella tenue expresión de afecto difícil de aprehender —carente incluso de una sombra definida— se hubiera convertido en el único propósito de su existencia, las caricias distraídas a aquel pelo al que estaba predestinado lo iban sumergiendo en la angustia.

¿Cuál sería el resultado de aquella guerra? Lo más probable era que Japón cayera derrotado, que las islas fueran ocupadas por el ejército americano y que la mitad de los japoneses fueran exterminados. Ese parecía ser el único destino posible, el resultado ineludible de la divina providencia. Pero Izawa lidiaba con un problema mucho más trivial. Un problema sorprendentemente irrelevante que, sin embargo, tenía ya frente a los ojos, acuciándolo, y del que no podía librarse así como así. Lo embargaba la incertidumbre de no saber hasta cuándo seguiría cobrando los doscientos yenes de su sueldo y se preguntaba si no lo despedirían justo al día siguiente y terminaría en la calle. Cada vez que llegaba el día de cobrar la mensualidad, le entraban los nervios y temía recibir al mismo tiempo una notificación de despido. Entonces, cuando recibía el sobre y encontraba dentro el dinero del sueldo, sentía la misma dicha que si le hubieran otorgado un mes más de vida; aunque cada vez que rememoraba aquella nimiedad se sentía tan patético que le entraban ganas de llorar. Él soñaba con dedicarse al arte. ¿Por qué el problema de un sueldo de doscientos yenes, que no pasaba de ser una mota de polvo en comparación con la grandeza del arte, le calaba hasta la médula y lo obligaba a padecer hasta el punto de que temblaban los fundamentos de su propia existencia? No solo su forma de vivir estaba limitada por aquellos doscientos yenes, sino también su mente, también su alma. Aunque más miserable si cabe le hacía no enloquecer ante la fijación por aquella nimiedad, sino permanecer indiferente. «¡En tiempos de ira como estos, qué carajo importa la belleza! ¡El arte es inútil!». Los gritos ridículos de su jefe de sección, cargados de una realidad distinta a la suya, lo carcomían por dentro con una intensidad punzante y desproporcionada. ¡Ay!, Japón iba a ser derrotado. Sus compatriotas iban a caer uno tras otro, desmoronándose como muñecos de barro; infinidad de piernas y cabezas y brazos saltando entre pedazos de cemento y ladrillo, volando por los aires, hasta que no quedara más que una llanura cementerio, sin árboles ni edificios. A dónde huir. En qué agujero esconderse. Dónde y en qué agujero iba uno a estallar por los aires. Aquello se le presentaba como una pesadilla... Sin embargo, Izawa sentía una gran curiosidad por saber cómo sería ese nuevo renacer en el caso de que sobreviviera; cómo sería su vida en ese páramo cubierto de ruinas de un mundo nuevo y totalmente imprevisible. Su destino iba a quedar fijado en apenas medio año, o en uno, como muy tarde. No obstante, a pesar de la certeza de su llegada, no lo concebía más que como una lejana fantasía más propia del mundo de los sueños. La fuerza de aquellos míseros doscientos yenes determinaba su futuro, arrancando de raíz toda esperanza de supervivencia. Los doscientos yenes se colaban en su sueño para estrangularlo y hacerlo delirar,

destiñendo todas las pasiones de sus todavía lozanos
veintisiete años... ¿Pero acaso no caminaba ya aturdido en
realidad sobre un páramo infinito y tenebroso?

Izawa quería una mujer. «Necesito una mujer».
Esa era, de hecho, la más frecuente de sus plegarias.
Pero sabía que su vida con esa figura anhelada quedaría
igualmente supeditada a los doscientos yenes: las ollas, los
calderos, la pasta de miso y el arroz, todo sostenido por
el conjuro de los doscientos yenes; hijos nacidos bajo la
maldición de los doscientos yenes; la mujer esclavizada,
poseída por ese conjuro hasta transformarse en un diablo
murmurador, día tras día. La llama de su pecho, el arte,
la luz de su esperanza, todo se iría apagando; avanzaría
con paso vacilante por el sendero de la vida como si fuera
pisando excrementos de caballo, hasta que al final la vida
misma se secara y acabara esparcida por el viento sin dejar
ni rastro. No quedarían, ni siquiera, las huellas de sus
pezuñas. El conjuro se enroscaría al cuerpo de su mujer,
haciendo su vida mezquina e insoportable. Con todo, él ya
ni siquiera tenía fuerzas para valorar la miserable realidad.
¡Ah, la guerra! Esa grandiosa destrucción que todo lo
juzga con una imparcialidad tan extraña y extraordinaria.
Japón reducido en su totalidad a una llanura de cascotes,
con sus muñecos de barro desmoronados por doquier:
qué amor por la nada tan intenso y doloroso.

Izawa deseaba quedarse profundamente dormido
entre los brazos del dios de la destrucción; sin embargo,
cuando sonaba la alarma, reaccionaba enrollándose

las polainas con vivacidad. Su única razón para seguir viviendo era ese pulso lúdico con la incertidumbre de la vida. Pero entonces la alarma paraba de sonar, lo que le dejaba decepcionado, y empezaba a experimentar de nuevo ese sentimiento de pérdida tan desesperante.

La mujer idiota no sabía cocer el arroz ni preparar sopa de miso. Teniendo, además, problemas para expresarse, para ella suponía ya un gran esfuerzo guardar la cola del racionamiento. Pero, como si se tratara del más fino de los cristales, reaccionaba con la más ínfima corriente de aire de los sentimientos —alegría, ira, tristeza o alivio—, permitiendo solo el paso de la voluntad humana a través de los pliegues que se formaban entre el ensimismamiento y el miedo. Ni siquiera el espíritu maligno de los doscientos yenes sería capaz de poseer un alma como la suya. «Es como si esta mujer fuera una triste muñeca fabricada especialmente para mí». Izawa se imaginó a sí mismo en compañía de aquella mujer caminando a contraviento a través de las tinieblas del páramo.

No obstante, aquella idea le pareció extraña, ridícula y extravagante, posiblemente porque esa cáscara de mezquindad que es el ser humano corroía también el fondo de su corazón. Y, aun siendo consciente de ello, ¿por qué seguía sintiendo como falsos aquellos honestos pensamientos y emociones que brotaban de su interior? ¿Existía acaso alguna ley fundamental por la cual las prostitutas de aquellos apartamentos o cualquier otra dama de alta alcurnia fueran más humanas que la idiota? La situación le resultó tan ridícula que parecía innegable la existencia de una ley como aquella.

«¿Qué es lo que temo en realidad? Pareciera que el espíritu maligno de los doscientos yenes... ¿No será que estoy tratando de librarme de él a través de esta mujer y que así, sin embargo, no hago más que quedar atrapado en su conjuro? Si algo temo de verdad es perder mi reputación frente al resto del mundo. Y por mundo me refiero únicamente a las putas de los apartamentos, a las queridas, a las muchachas preñadas del Cuerpo de Mujeres Movilizadas y a esos corrillos de patronas que chillan con voces gangosas de pato. No hay otro mundo más que ese y aun así yo no creo en absoluto en algo tan evidente. Hay una ley misteriosa que me tiene aterrado».

Fue una noche increíblemente corta (y al mismo tiempo infinitamente larga). Aunque Izawa pensó que aquella larga noche continuaría hasta el infinito, llegó un punto en el que se tornó blanca y el frío del amanecer endureció todo su cuerpo como una piedra, haciéndole perder la sensibilidad. Pero él, sentado a la cabecera de la mujer, continuó acariciándole el pelo.

* * *

Aquel día empezaba para él una vida diferente.

No obstante, aparte de que hubiera que sumar ahora a la casa el cuerpo de una mujer, no es que hubiera sucedido nada distinto ni extraordinario. Resultaba tan obvio que parecía mentira; le era, de hecho, imposible discernir siquiera el nuevo brote de aquella espiga solitaria, ni en su persona ni en su espíritu. En cierto modo, había asimilado racionalmente lo inusual de aquel suceso, así que no percibió cambio alguno en su vida, menos incluso que si hubiera movido de sitio el escritorio. Seguía yendo cada mañana a trabajar mientras la idiota se quedaba dentro del armario esperando su regreso. Y en cuanto daba un paso afuera de la casa se olvidaba enseguida de aquella mujer idiota, como si en su memoria aquel suceso indefinido y distante se correspondiera con algo que había ocurrido hacía al menos diez o veinte años.

Ese engendro llamado guerra resultaba ser, curiosamente, una amnesia de lo más saludable. La increíble capacidad de la guerra para destruir y alterar el espacio provocaba en un solo día una transformación propia de cien años e invitaba a pensar que los acontecimientos de la semana anterior habían tenido lugar varios años antes, mientras que los acontecimientos del año pasado eran descartados y relegados a lo más profundo y recóndito de la memoria. No hacía mucho que las carreteras y los edificios en los alrededores de la fábrica, cerca de la casa de Izawa, habían sido destruidos, lo que había sumido a la totalidad del barrio en una nube de polvo; un polvo levantado por el bullicio de la evacuación y cuyas huellas permanecían todavía visibles, aunque daba la sensación de que era algo lejano en el tiempo, como si hubiera transcurrido un año desde que había sucedido. Sin embargo, observando por segunda vez la inmensa transformación que había trastocado de golpe el aspecto de la ciudad, el paisaje se había vuelto familiar. En mitad de los restos variopintos de aquella amnesia saludable, la mujer idiota aparecía borrosa. Trozos de madera, vestigios de la evacuación de la taberna frente a la estación donde hasta ayer la gente hacía cola para entrar; boquetes en los edificios alcanzados por las bombas; huellas del incendio en las calles devastadas por el fuego... Entre aquella miscelánea de fragmentos yacía atrapado el rostro de la idiota.

Las sirenas de alarma sonaban a diario. A veces, a la vista de un ataque aéreo inminente, sonaban también las de evacuación. A Izawa eso le provocaba un estado de inquietud fuera de lo común. Estando él ausente, hubo un bombardeo cerca de su casa que lo tuvo todo el día preocupado, puesto que no podía saber en qué grado los habría afectado; aunque lo que de verdad le preocupaba era que la mujer hubiera perdido los papeles y que hubiera salido corriendo, revelándole así al resto de los vecinos su presencia en la casa. Inseguro ante posibles cambios que desconocía, Izawa se sentía incapaz de regresar a casa a plena luz del día. ¿Cuántas veces, resistiéndose en vano frente a la desdicha de no poder superar aquella inquietud miserable, pensó en confesarlo todo, cuando menos al sastre? Pero ese era un pensamiento mezquino que lo desesperaba, puesto que no suponía en realidad más que un modo miserable de disfrazar su inquietud a través de la menos dañina de las confesiones. Le resultaba así inevitable sentir rabia ante la bajeza y la ordinariez de su propia naturaleza, la cual maldecía.

Había dos caras de la idiota que era incapaz de sacarse de la cabeza. Le venían a la memoria en los lugares más inesperados: cada vez que doblaba una esquina, cada vez que subía las escaleras de la oficina, cada vez que se abría paso entre la multitud para bajar del tren. En esos momentos, de golpe tanto sus pensamientos como sus arrebatos pasajeros quedaban irremediablemente congelados.

Una de esas caras era la que puso la idiota la primera vez que tocó su cuerpo. Al día siguiente, aquel suceso había terminado relegado al fondo de la memoria como si hubiera transcurrido un año entero y lo único que recordaba era su rostro, recortado y despegado del conjunto de la escena.

Desde ese día, la idiota no sería más que un cuerpo expectante, ajeno a la vida misma y carente del más mínimo pensamiento. Un cuerpo que no hacía otra cosa más que esperar todo el tiempo. En cuanto Izawa rozaba con la mano una parte de su cuerpo, la conciencia de la mujer se volcaba por completo a la acción de la carne: su cuerpo, y también su rostro, permanecían expectantes. Sorprendentemente, la reacción era la misma cuando la mano de Izawa tocaba su cuerpo dormido en mitad de la noche; su carne permanecía viva, siempre atenta. ¡Incluso durmiendo! Pero, aunque la mujer estuviera despierta, su cabeza seguía vacía por completo, sin pensar en nada; no era más que un alma en coma, atrapada en un cuerpo viviente. Cuando despertaba, su alma seguía dormida; y, cuando dormía, su cuerpo seguía despierto. Solo existía en ella el deseo inconsciente de la carne; un cuerpo despierto a todas horas que reaccionaba agitándose como un insecto, de manera incansable.

El otro rostro que recordaba de la idiota lo había visto Izawa justo un día que libraba. A plena luz del día, en una zona no muy lejos de allí, tuvo lugar un bombardeo que duró dos horas. Como Izawa no poseía refugio antiaéreo, se escondió con la mujer en el armario y se cubrieron con el futón a guisa de escudo. A pesar de que las bombas caían concentradas en una zona que se hallaba a cuatrocientos o quinientos metros de su casa, los cimientos temblaban y el ruido de las explosiones interrumpía tanto el aliento como el pensamiento. Bombas comunes y bombas incendiarias caían por igual, pero sus efectos en la escala de lo terrible eran tan diferentes como los de una culebra ratonera y una víbora de foseta. Las bombas incendiarias, si bien producían un ruido inquietante al caer, como un cascabeleo, no generaban ninguna explosión; se desvanecían en un silbido sobre sus cabezas, creando un anticlímax perfectamente expresado en el dicho «cabeza de dragón, cola de serpiente»; aunque en este caso, más que cola de serpiente, «ni siquiera cola», así que no causaban, en definitiva, ningún temor extraordinario. Las bombas comunes, en cambio, producían al caer un sonido grave y apagado, como el de una llovizna cayendo en una sola línea recta, hasta provocar una explosión cuyo estruendo desgarraba el mismo eje de la tierra; parecía imposible que una sola línea recta contuviera un poder tan terrible y, cuando las explosiones acercaban sus pasos como en un chapoteo, el miedo era desesperante y uno tenía la sensación, literalmente, de no seguir ya vivo. Pero aún más terrible era que los aviones americanos sobrevolaban a gran altura, por lo que el rumor de sus motores era apenas perceptible y quedaba disimulado, dándole a uno la sensación de ser golpeado por el hacha gigantesca de un monstruo que miraba indiferente hacia otra parte. El aspecto del atacante era incierto, así que la extraña lejanía del runrún de los motores generaba una inquietud extrema, al tiempo que se iba extendiendo el murmullo de una lluvia abrupta y vertical. El temor de una explosión inminente interrumpía la palabra, el aliento, el pensamiento. La desesperación de caer en cualquier momento en los brazos de Buda vivía resplandeciente en una frialdad que precedía a la locura.

Afortunadamente, la barraca de Izawa estaba rodeada de edificios de dos o más plantas por los cuatro costados: la casa del loco, la del sastre y algunos apartamentos. En el vecindario quedaron algunas ventanas rotas y tejados maltrechos, pero su chabola no sufrió ni un mero rasguño en el cristal. El único hecho notable fue que cayó una capucha antiaérea cubierta de sangre en el huerto frente a la pocilga. Los ojos de Izawa resplandecieron en el interior del armario. Observó el rostro de la idiota; la angustia de la desesperación aferrándose al vacío.

Ay..., goza el ser humano de entendimiento. En cualquier situación, queda siempre una sombra de contención y resistencia. Pero, si no existe esa sombra de entendimiento, de contención, de resistencia... ¡Nada más patético que eso! El rostro de la mujer —su cuerpo entero— se asomaba a los ventanales de la muerte, anquilosado por el temor y la angustia. La angustia se agita, la angustia se retuerce, la angustia termina derramándose en lágrimas. Si los ojos de un perro vertieran lágrimas, sería igual de monstruoso que un perro que ríe. Lágrimas sin una sombra siquiera de comprensión... ¡Nada más espantoso! Es algo inquietante, pero en mitad de un bombardeo los niños no lloran; ni los de cuatro o cinco años ni los de seis o siete. Sus corazones palpitan como el golpe de las olas, pierden la palabra y abren de par en par sus ojos extrañados. Lo único que permanece vivo en sus cuerpos son sus ojos, que a primera vista no se ven más que abiertos de par en par, carentes de esa expresión trágica que queda grabada en quienes han vivido directamente la inquietud y el miedo. De hecho, van suprimiendo en silencio cualquier atisbo de emoción hasta parecer más inteligentes que cualquier otro niño. En momentos parecidos, por las mismas razones —e incluso en situaciones menos graves— los adultos expresan abiertamente su inquietud y su angustia hacia la muerte, mientras que en tales ocasiones los niños parecen gozar de mayor entendimiento.

La angustia de la idiota no se asemejaba en lo más mínimo a los grandes ojos abiertos de los niños. Lo suyo no pasaba de ser una angustia y un miedo instintivos hacia la muerte; algo que no era humano y ni siquiera propio de los insectos. Se trataba más bien de un mero gesto horrendo. Si a algo se le parecía era al movimiento de una oruga de poco más de dos centímetros luchando por alcanzar una distancia de metro y medio. Además, sus ojos sí vertieron alguna que otra lágrima.

Ni palabras ni gritos ni gemidos; su rostro carecía, para colmo, de expresión. Ni siquiera era consciente de la presencia de Izawa. Tanta soledad no parecía posible si acaso fuera humana. Un hombre y una mujer encerrados en un armario... En una situación como aquella debería ser imposible para un humano olvidar la presencia del otro. La gente habla de soledad absoluta, pero la soledad absoluta solo es posible cuando se tiene conciencia de que el otro existe, así que ¿es acaso posible tal grado de soledad, ciega e inconsciente? Sí, la soledad de la oruga; una absoluta soledad de aspecto deleznable. Una angustia donde ni siquiera se vislumbraba una sombra del corazón y cuyo aspecto resultaba de una fealdad insufrible a la mirada.

Cesó el bombardeo. Izawa rodeó a la mujer con sus brazos para levantarla, pero ella, que solía reaccionar incluso con el roce de uno de sus dedos sobre el pecho, parecía haber perdido el apetito de la carne. Abrazando a aquel cadáver sin cabeza sintió como si experimentara una caída eterna; camino de la oscuridad absoluta en un descenso infinito.

Aquel día, tras el bombardeo, Izawa salió a pasear y descubrió entre los escombros de las casas las piernas de una mujer que había volado por los aires, el vientre de otra con las entrañas fuera y el cuerpo de una última cuyo cuello se veía retorcido.

Izawa caminaba sin rumbo esquivando los escombros todavía humeantes del gran ataque aéreo del 10 de marzo. Había gente muerta por todas partes, como si fueran pedazos de pollo a la parrilla. Muertos en pedazos. Exactamente igual que las brochetas de pollo a la parrilla. Ni le provocaban temor ni sentía asco. Había cuerpos quemados junto a cadáveres de perros; muerte vana, muerte perra de la que no quedaba siquiera el lamento o la impresión. Pero no es que las personas hubieran muerto como perros, sino junto a ellos y, siendo ya cosas semejantes, quedaban todos ahora amontonados los unos junto a los otros como en un plato de pollo a la parrilla. Ya no eran perros ni eran tampoco humanos.

Si la idiota muriera calcinada, tal vez no sería más que una muñeca de barro regresando a la tierra de la que estaba hecha. Si al final llegaba la noche en que una lluvia de bombas incendiarias cubriera aquellas calles... Mientras elucubraba, Izawa permanecía extrañamente sereno, consciente de su propio rostro, de sus propios ojos, de su propia figura sumergiéndose en aquellos pensamientos. «Me encuentro calmado. Que venga pues otro ataque aéreo. Me parece perfecto». En su cara se dibujó una sonrisa sardónica. «Lo único que no soporto es la fealdad. ¿No sería la mujer un mero cuerpo desalmado muriendo entre las brasas? Aunque no seré yo quien la mate. Yo soy demasiado mezquino y vulgar. No tengo el valor necesario para hacerlo. Tal vez la guerra acabe con ella. Solo necesito una pequeña señal para dirigir la mano cruenta de la guerra sobre su cabeza en el momento oportuno. Pero qué sabré yo. Quizás todo se arregle de forma natural». Izawa, mostrando una frialdad extrema, esperó impaciente a que les cayera encima el siguiente ataque.

* * *

Fue el 15 de abril.

Dos días antes, el día 13, había tenido lugar el segundo gran bombardeo nocturno en la ciudad de Tokio. Hubo grandes destrozos en Ikebukuro, Sugamo y Yamate. Izawa obtuvo casualmente información sobre el desastre, así que se acercó hasta Saitama para hacer la compra y se volvió cargado con algo de arroz en la mochila. A la vuelta, justo cuando llegaba a casa, sonó la alarma.

Teniendo en cuenta las zonas de Tokio arrasadas por el fuego, era fácil imaginar que el próximo ataque alcanzaría los alrededores del barrio. Tal vez al día siguiente; o en un mes, como muy tarde. Se acercaba el día en que el destino de aquel barrio quedaría zanjado. Por la frecuencia de los ataques anteriores y suponiendo que los preparativos para un nuevo ataque nocturno se extenderían al menos hasta el día siguiente, a Izawa no se le ocurrió pensar que el ataque podría hacerse efectivo ese mismo día. Por eso había salido a comprar. Aunque no era la compra su único propósito. Tenía buena relación con aquella familia de agricultores desde su época de estudiante, así que su objetivo principal era pedirles que le guardaran dos maletas y una mochila con sus enseres personales.

Izawa estaba agotado. Vestido todavía con la ropa de viaje, que era también su uniforme para ataques aéreos, dejó caer la mochila en mitad del cuarto y, usándola como almohada, se fue quedando dormido sin ser consciente del peligro que lo acechaba. De repente, lo despertó el sonido metálico de algunas de las radios del barrio: la avanzadilla de una formación aérea se aproximaba desde el sur en dirección a la península de Izu... Sobrevolaba ya la península de Izu... Sonaron las sirenas antiaéreas. Izawa imaginó que al barrio le había llegado finalmente la hora. Metió a la idiota en el armario, agarró una toalla y un cepillo de dientes, y se dirigió al pozo. Unos días antes había adquirido pasta de dientes de la marca Lion. Ya casi había olvidado la sensación de frescor del dentífrico en el interior de la boca y, por alguna razón, intuyendo que aquel sería su último día, le apeteció cepillarse los dientes y lavarse la cara. Pero la pasta no estaba donde se suponía que debía estar y se pasó un buen rato (al menos a él le pareció un buen rato) buscándola, hasta que la encontró no muy lejos de su lugar original. Luego buscó el jabón (un antiguo jabón muy fragante, especial para el rostro), pero tampoco era capaz de encontrarlo porque lo había movido ligeramente de sitio. «Ay, estoy demasiado nervioso. Calma, calma». Se golpeó la cabeza con el armario de la cocina y se tropezó con las patas del escritorio, así que detuvo unos instantes sus quehaceres y el flujo de pensamientos que lo abordaban para tratar de recuperar la entereza, si bien su cuerpo seguía instintivamente alterado, moviéndose por inercia. Cuando por fin dio con el jabón, se dirigió hacia el pozo. De camino, se topó con el sastre y su mujer, que estaban lanzando bultos en el interior del refugio aéreo que se habían construido en un rincón del huerto. La muchacha de la buhardilla, la que parecía un pato, andaba perdida de un lado para otro cargada con sus pertenencias. Izawa, por su parte, celebrando su propia perseverancia por no haber renunciado a la pasta y al jabón, trató de imaginar lo que sucedería aquella noche malhadada. No había terminado aún de secarse la cara cuando de repente empezaron a sonar los cañonazos de las baterías antiaéreas, mientras que, en lo alto del cielo, por encima de su cabeza, una decena de focos antiaéreos se entrelazaban confusamente, alborotados, con los aviones americanos flotando entre los haces de luz. Los aviones se sucedían de forma continua, uno tras otro. Y, al bajar la vista, descubrió que un mar de llamas avanzaba ya en dirección a la estación.

Había llegado la hora. Distinguiendo con claridad la situación en la que se encontraba, Izawa al final consiguió calmarse. Se puso la capucha antiaérea, se cubrió con el futón y se plantó frente a la puerta; contó hasta veinticuatro aviones. Se volvían visibles un instante entre los chorros de luz para luego desaparecer por encima de su cabeza.

Las baterías antiaéreas continuaron rugiendo frenéticamente, pero no se oían las explosiones de las bombas. A partir del avión que sumaba veinticinco comenzó a escucharse ese ruido a lata característico que hacían las bombas incendiarias al caer, un ruido similar al de las barreras de un paso a nivel cuando cruza un tren de carga; no obstante, los aviones pasaban de largo sobre Izawa y concentraban su ataque en el cinturón industrial a su espalda. Carecía de visibilidad bajo el alero de su casa, así que decidió acercarse a la pocilga, desde donde columbró el complejo de fábricas envuelto en un mar de llamas; quedó consternado al ver que, desde la dirección opuesta a los aviones que acababan de pasar por encima de su cabeza, llegaban más aviones americanos para sumarse al ataque. Dejó de oírse el susurro de las radios; el cielo se cubrió de un telón de humo espeso y rojizo; los aviones americanos y los haces de luz de los reflectores desaparecieron por completo de la vista. A excepción de un rincón aún despejado en el norte, el mar de llamas ocupaba ya las cuatro direcciones y venía acercándose poco a poco.

El sastre y su esposa eran gente muy precavida. Habían construido un refugio para proteger sus pertenencias y tenían siempre a punto el barro para sellarlo. Siguieron ordenadamente los procedimientos habituales: amontonaron los bultos en el interior, sellaron la abertura y para terminar lo cubrieron con tierra extraída del huerto. «Imposible. Ese fuego, imposible». El sastre, vestido con un viejo traje de bombero, observaba las lenguas de fuego con los brazos cruzados. «Eso es imposible apagarlo, por mucho que me lo pidan. Yo me largo. Yo no me quedo aquí para que el humo me acabe engullendo y matando». El sastre apiló las valijas sobre una carretilla. «Ayúdeme a tirar de la carreta, *maestro*», se dirigió a Izawa, que en ese momento fue atacado por una sensación tal de pavor y confusión que hasta pareció oírsele el estrépito. Su cuerpo se fue deslizando junto al del sastre por inercia, pero su corazón se resistía al movimiento con una fuerza que terminó deteniéndolo; entonces sintió como si un grito desgarrador brotara desde un rincón profundo de su pecho. Ese leve retraso lo condenaba a morir abrasado, pensó abstraído por el pánico. Con todo, su cuerpo reanudó de forma espontánea la marcha para continuar deslizándose entre tambaleos.

—Yo me quedo. Me quedo un poco más. Tengo trabajo que hacer. Después de todo, soy un artista, así que no debería desaprovechar esta ocasión única para observar mi propia reacción al borde de la muerte; la situación me impele a aceptar este último trato en el final de mi vida. Quisiera huir, pero no me lo puedo permitir. No puedo dejar pasar esta oportunidad. Huyan ustedes. Deprisa, deprisa. En unos instantes podría estar todo perdido.

«Deprisa, deprisa. En unos instantes podría estar todo perdido». Ese «todo» era en realidad la propia vida de Izawa. Y ese «deprisa, deprisa» no era una voz emitida para apremiar al sastre, sino que reflejaba sus ansias de escapar cuanto antes. Pero no podía huir de aquel lugar hasta que ya todos se hubieran ido. De lo contrario, descubrirían a la idiota.

«Cuídese entonces, *maestro*». El sastre, impaciente, siguió tirando de la carretilla a trompicones, golpeando cada una de las esquinas, hasta que finalmente desapareció por el fondo de la calle. El sastre fue el último de los habitantes de aquella calle en abandonarla.

Semejante al sonido constante de las olas embravecidas al relamer las rocas; parecido al golpeo de incontables fragmentos de proyectiles antiaéreos cayendo sobre los tejados; en un rumor continuo e inquietante, *za-za-za-za*, sin reposo ni fluctuaciones, se oían los pasos de una masa informe de refugiados avanzando en riada por la carretera comarcal. Cesaba poco a poco el furor de la artillería y en la corriente de pasos palpitó la vida; una vida insólita. Aquel extraño sonido ininterrumpido, sin fluctuaciones ni reposo, ¿cuántas serían las personas de este mundo capaces de identificarlo con un rumor de pasos? Cielo y tierra formaban una fanfarria confusa donde resonaba el motor estridente de los aviones americanos, las baterías antiaéreas, el eco de objetos en caída libre, el retumbar de las explosiones, un rumor de pasos, el golpe de las carcasas de los proyectiles sobre los tejados... En cambio, alrededor de Izawa, en apenas diez metros a la redonda, dominaba el silencio; un silencio absoluto y una oscuridad que se abría en mitad de un cielo rojo. Envolviendo a Izawa por los cuatro costados, se alzaba el espesor de una quietud extravagante y de una soledad que invitaba a la locura. «Treinta segundos más... Esperemos solo diez segundos más...» ¿Quién y por qué daba órdenes? ¿Y por qué razón debía obedecerlas? Izawa parecía estar al borde de la locura. De repente, retorciéndose de angustia, se puso a gritar entre sollozos y se echó a correr a ciegas.

Fue entonces cuando sintió sobre su cabeza el ruido de un objeto cayendo sobre él como si resonara en el interior de sus tímpanos. Se arrojó al suelo a la desesperada y el ruido desapareció de golpe, sumiendo de nuevo los alrededores en una quietud inverosímil. «Uf, vaya susto». Izawa se reincorporó con lentitud, sacudiéndose la tierra del pecho y las rodillas. Al levantar la mirada, descubrió que la casa del loco estaba en llamas. «Vaya, al final le ha tocado». Se mantuvo extrañamente calmado. Entonces se dio cuenta de que también las casas a ambos lados de la calle, así como los apartamentos de enfrente, habían sido alcanzados por el fuego. Izawa se metió de un salto en el interior de su chabola. Se abalanzó contra la puerta del armario (en realidad la desencajó y la arrojó por los aires hasta que cayó dando tumbos), abrazó a la idiota para cubrirla con el futón y la sacó de allí a toda prisa. Estaba tan concentrado en su tarea que perdió la noción del tiempo durante unos minutos. Cuando se dirigían hacia la salida se escuchó de nuevo un ruido cayendo directamente sobre sus cabezas. Por segunda vez se arrojó Izawa al suelo y, al levantarse, descubrió que el estanco al fondo de la calle había sido alcanzado por las llamas, mientras que en la casa de enfrente el fuego devoraba ahora el altar budista. Saliendo ya de la calle, se giró a mirar; el fuego había alcanzado la casa del sastre; empezaba también a arder su chabola.

El mar de llamas se extendía en todas direcciones; en la carretera apenas quedaban evacuados; las chispas saltaban sobre él y se arremolinaban en el aire. «De esta no salgo», pensó Izawa. Llegando a un cruce, vio que se apelotonaba allí la gente; todo el mundo trataba de avanzar en la misma dirección, por el lugar más alejado del fuego. Aquello no era ya una carretera, sino un río de maletas amontonándose y personas gritando, empujándose, atropellándose, pisándose y sobrepasándose, arrastradas por la corriente. Cuando un ruido sobrevolaba sus cabezas, se echaban todos al suelo un instante y la corriente se detenía de forma milagrosa;

algunos hombres aprovechaban ese momento para abrirse paso, pisando sobre el resto, y se alejaban corriendo.

No obstante, la gran mayoría, como iban acompañados de maletas, niños, mujeres y ancianos, detenían su marcha para localizar a voces a sus seres queridos y regresaban a brincos para reencontrarse con ellos. Entretanto, el fuego amenazaba ya ambos lados del camino.

Llegaron a otra encrucijada, más pequeña. También allí el río de gente trataba de encauzarse por entero hacia el mismo lugar, con el propósito de alejarse lo máximo posible de las llamas. Pero Izawa sabía que en aquella dirección no había espacios abiertos ni huertos, por lo que, si las bombas incendiarias del siguiente ataque americano se interponían en su camino, no les esperaría allí más que la muerte. En la otra dirección, en cambio, las casas ardían ya a ambos lados del camino en un incendio descontrolado; sin embargo, Izawa sabía que un poco más adelante corría el agua de un riachuelo y que, más arriba, remontando el riachuelo algunas manzanas, se salía a un campo de trigo. Izawa no distinguió ni una mera sombra siguiendo aquel camino, así que vaciló a la hora de decidirse. Pero, entonces, a unos ciento cincuenta metros de distancia, vislumbró la figura de un hombre solitario arrojando agua entre las llamas furiosas. Y no es que el hombre estuviera demostrando su coraje, puesto que no hacía más que cargar con un cubo, echando agua de vez en cuando, y se quedaba parado observando absorto la escena, o bien se echaba a andar con movimientos torpes;

su extraño comportamiento hacía difícil interpretar el estado mental en el que se encontraba. La cuestión es que, al descubrir Izawa que en aquel camino había todavía un hombre en pie que se había librado de morir calcinado, tomó una resolución: «Habrá que tentar al destino. El destino. De hecho, qué nos queda ya sino el destino... Tomar una decisión».

Junto al cruce había una acequia. Izawa hundió en la acequia el futón para empaparlo de agua. Entonces agarró a la mujer por los hombros, cubrió sus dos cuerpos con el futón mojado y se abrió paso entre la multitud. Al ver que avanzaban hacia el mar de llamas, la idiota se detuvo de forma instintiva y, con paso vacilante, retrocedió para ser arrastrada de nuevo por la corriente. «¡Idiota!». Izawa agarró con todas sus fuerzas la mano de la mujer, que se tambaleaba sin rumbo sobre el camino, tiró de ella y la estrechó entre sus brazos mientras le susurraba:

—Si sigues por ahí, morirás. Si morimos, moriremos así, los dos juntos. No temas. Y sobre todo no te separes de mí. Olvídate del fuego y de las bombas; este es el camino de nuestra vida; este será siempre nuestro camino. Mira siempre al frente y agárrate bien a mis hombros. ¿Lo has entendido —La mujer asintió con la cabeza.

Asintió de forma apenas perceptible, pero lo suficiente para que a Izawa le emocionara hasta casi la locura. ¡Ay!, después de tantas y tan largas horas de terror bajo los bombardeos, de día y de noche, era aquella la primera y la única vez que la mujer le había respondido para expresar su voluntad. A Izawa aquella emotividad casi lo desquició. Abrazaba por fin a un ser humano y se sintió infinitamente orgulloso de ese ser humano. Corrieron juntos a través del fuego embravecido. Cruzaron bajo un remolino de aire ardiente, entre un mar de llamas que seguía vivo a ambos lados del camino y donde muchos edificios habían quedado derruidos y calcinados, gracias a lo cual la intensidad del fuego había declinado y el calor había disminuido. Corría por allí también la acequia rebosante de agua. Empapó de agua a la mujer de pies a cabeza, remojó una vez más el futón y volvió a cubrir con él sus cuerpos. Sobre el camino revoloteaban los restos quemados de maletas y futones. Vieron también un par de cadáveres humanos: una mujer y un hombre que apenas rondarían los cuarenta.

Se agarraron otra vez de los hombros y corrieron de nuevo a través del mar de fuego, hasta que finalmente alcanzaron la orilla de un riachuelo. En ambas márgenes del riachuelo ardían las fábricas, engullidas por llamas desbocadas; no había manera de seguir avanzando; tampoco de retroceder, y ni siquiera parecía que les fuera posible quedarse parados donde estaban. Echando un vistazo a su alrededor, Izawa descubrió unas escaleras que descendían desde el dique de cemento hasta la superficie del agua; cubrió a la mujer con el futón y la obligó a descender. Él bajó de un salto. En mitad del agua caminaban desperdigados varios grupos de entre tres y cinco personas. De vez en cuando la mujer zambullía su cuerpo en el agua de forma voluntaria. Era una situación en la que hasta los perros se verían obligados a hacerlo, pero Izawa miraba con admiración la renacida frescura y la nueva hermosura de aquella mujer, devorando con los ojos su figura empapada de agua. El riachuelo fue dejando atrás las llamas para seguir su flujo bajo la penumbra. Teñido el cielo del color del fuego, no era posible la oscuridad absoluta; no obstante, en aquella negrura que había conseguido contemplar una vez más en vida, Izawa, abordado por un agotamiento indescriptible y un vacío sin límites, no alcanzaba a ver más que la expansión de su propio ensimismamiento. En lo más profundo de aquella oscuridad sentía cierto alivio, aunque eso le pareció ridículo y mezquino. Todo se le antojaba absurdo.

Al remontar el riachuelo, llegaron a un campo de trigo. Rodeado en tres puntos por colinas, ocupaba una extensión equivalente a unas tres manzanas. En mitad del campo atravesaba una carretera nacional que dividía en dos una de las colinas. Las casas en lo alto de la colina estaban ardiendo; también los baños públicos, la fábrica, el templo y otros tantos edificios que bordeaban el trigal; había llamas de colores diferentes, blancas, rojas, anaranjadas y azules, ardiendo en tonos diversos. De repente sopló el viento, el aire rugió y empezaron a llover diminutas gotas de agua que lo cubrieron todo a modo de neblina.

Una multitud zigzagueante fluía por la carretera nacional. Algunos cientos de personas descansaban entre el trigo, aunque era un número muy reducido en comparación con la multitud sinuosa de la carretera.

El trigal lindaba con una colina boscosa. Allí no había prácticamente nadie. Extendieron el futón bajo uno de los árboles y se acostaron. Al pie de la colina, junto a un huerto, ardía un caserío y se distinguía a un grupo de personas arrojando agua. En la parte de atrás había un pozo que un hombre bombeaba para beber. Una veintena de personas, entre niños y ancianos, hombres y mujeres, habían divisado el pozo y corrían hacia él desde todos los rincones del trigal. Hacían turnos para accionar la manivela y saciar su sed. Al cabo, se acercaban a la casa en llamas para calentarse las manos y se alineaban en círculo para que sus cuerpos entraran en calor. Daban un ligero salto hacia atrás cuando se desmoronaba ante ellos alguna masa informe de fuego levantando ascuas, giraban el rostro para evitar el humo y se ponían luego a charlar. Ni uno solo de ellos movía un dedo para ayudar en la extinción del incendio.

«Tengo sueño», decía la mujer. «Estoy cansada», «me duelen las piernas», «me escuecen los ojos»..., de cada tres frases que murmuraba una terminaba en «tengo sueño». «Está bien, duerme», le dijo Izawa arropándola con el futón mientras se encendía un cigarrillo.

Se había fumado ya unos cuantos cuando se escucharon en la distancia las sirenas que anunciaban el cese del bombardeo; al mismo tiempo, algunos agentes de policía atravesaban el trigal para pregonar el final del ataque. Sus voces roncas no parecían humanas. «¡A todos aquellos bajo la jurisdicción de la jefatura de policía de Kamata, reagrúpense en la escuela nacional Yaguchi, que ha sobrevivido a las llamas!», mencionaban. La gente se alzaba de los caballones y retomaba el curso de la carretera nacional, la cual pronto afluyó de nuevo en un oleaje humano.

Izawa, sin embargo, no se movió de sitio. Entonces uno de los agentes se le acercó.

—¿Qué le sucede a esa mujer? ¿Está herida?

—No, está durmiendo porque está cansada.

—¿Conoce usted la escuela Yaguchi?

—Sí, en cuanto descansemos un poco iremos para allá.

—Tengan coraje, no se desinflen ahora.

A la voz del policía le siguió un silencio y su figura desapareció. Ya solo quedaban dos seres humanos en aquella arboleda. Tan solo dos seres humanos... Aunque, ¿no era acaso aquella mujer una mera masa informe de carne? La mujer dormía profundamente. Todo el mundo caminaba ahora entre el humo de escombros calcinados. Todo el mundo había perdido su casa, y caminaban. Ni siquiera pensaban en dormir. En momentos así, solo aquella mujer y los muertos podían dormir. Pero los muertos ya no despertarían; la mujer, en cambio, pronto lo haría. No obstante, su despertar no aportaría nada a esa masa de carne que dormía como un tronco.

La mujer empezó a roncar levemente de un modo que Izawa no había oído nunca antes. Sus ronquidos se parecían al gruñido de un puerco. «Esta mujer no es más que un gorrino», pensó Izawa. Entonces le vinieron de repente a la memoria algunos fragmentos de su infancia. Guiados por el cabecilla de la pandilla, una docena de mocosos perseguía a un lechón. Cuando lo atraparon, el cabecilla sacó una navaja y le cortó un par de lonchas de carne del trasero. La cara del cerdo no expresó dolor ninguno y tampoco sus gruñidos sonaron diferentes. Como si no se hubiera dado cuenta de que le habían arrancado un par de trozos de carne de las nalgas, el cerdo continuó correteando de un lado a otro mientras trataba de escapar. Izawa imaginó al ejército americano desembarcando; las bombas silbando en todas direcciones y los edificios de cemento desmoronándose; los aviones descendiendo en picado para barrer el terreno con sus metralletas; y, por debajo, él y la mujer huyendo a pie entre una nube de polvo y los cascotes de los edificios, tropezando y revolcándose entre los cráteres. De repente, un hombre agarraba a la mujer y la empujaba hacia la sombra de un edificio en ruinas; la arrojaba al suelo entre forcejeos y, mientras se dedicaba devotamente al acto de la carne, le iba arrancando a mordiscos las nalgas con la intención de comérsela. Aunque a la mujer le fuera quedando cada vez menos chicha en el trasero, ella no dejaba de pensar en otra cosa más que en sus deseos carnales.

A medida que se acercaba el alba, empezó a refrescar. Izawa vestía un gabán de invierno y una chaqueta gruesa, pero aun así apenas podía soportar el aire gélido de la mañana. Abajo, en las lindes del campo de trigo, una llanura de fuego se extendía ahora en varias direcciones. Pensó en descender la colina para buscar el calor del fuego, pero no quería despertar a la mujer, así que fue incapaz de moverse. Por alguna razón, no soportaba la idea de despertarla.

Se le pasó por la cabeza abandonar a la mujer mientras dormía, pero hasta eso le provocaba fastidio. Se suponía que, para deshacerse de un objeto cualquiera, aunque fuera un trozo de papel, se necesitaba algún incentivo, o cuando menos escrúpulos. Pero él carecía completamente de incentivo y de escrúpulos para abandonar a aquella mujer. No sentía por ella ni un ápice de afecto ni el mínimo apego, pero tampoco eso suponía un motivo suficiente para abandonarla. Quizás se debiera a que no albergaba ya esperanza alguna por el mañana; la esperanza necesaria para seguir viviendo. ¿Habría acaso esperanza a la mañana siguiente, en algún lugar, si decidiera abandonar a la mujer? ¿A qué se aferraría entonces para continuar viviendo? Ni siquiera podía estar seguro de si quedaría alguna casa que habitar o algún hoyo en el que echarse a dormir. Los americanos desembarcarían, todo tipo de calamidades tendrían lugar por cielo y por tierra, y ese amor grandioso de la guerra por la destrucción terminaría juzgándolo todo. Incluso el pensamiento desaparecería.

Cuando el día empezara a clarear, pensó Izawa, despertaría a la mujer y, sin volver la mirada hacia los restos del incendio, caminarían hacia la estación más lejana posible en busca de cobijo. ¿Seguirían funcionando los trenes eléctricos y las locomotoras de vapor? Ya en los alrededores de la estación, recostados sobre una pila de traviesas de madera, ¿amanecería claro el día y bañaría el sol con sus rayos su espalda y la de ese gorrino que descansaba junto a él?, se preguntaba Izawa. Y es que la mañana se presentaba extremadamente fría.